LES
POLONAIS,

Par L. L.

Se vend au profit des Réfugiés Polonais.

PRIX : 50 CENT.

PARIS,

IMPRIMERIE DE WITTERSHEIM, 8, RUE MONTMORENCY.

1838.

Épitre Dédicatoire

à M. CRÉMIEUX, Avocat.

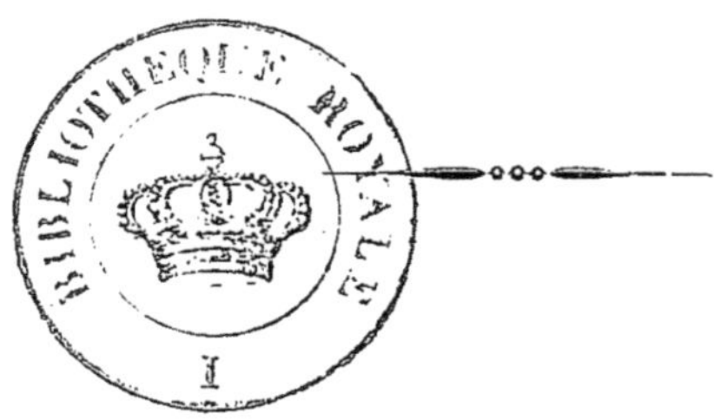

Illustre défenseur, appui de l'innocence !
O toi ! qui tant de fois a fait couler nos pleurs ;
Mortel chéri des Dieux, quand ta mâle éloquence
Vient tonner au Forum, la joie et l'espérance
D'un saint enivrement font palpiter nos cœurs.

Souffre que la reconnaissance
T'exprime, en ces faibles accords,
Quelle salutaire influence
Féconda mes naissans efforts ;
Quand m'honorant de ton estime
Tu daignas accueillir mes vers :
Vaste génie, esprit sublime !
Toi seul et dignement, dans ses nobles revers,
Eut chanté les malheurs de cet autre Solime.

Hélas ! dans l'ardeur qui m'anime,
Que ne puis-je alléger ses fers :
Ou faire entendre à l'Univers
Les cris plaintifs de la victime
Tombant sous le knout qui l'opprime.

Ou puissé-je plutôt les voir tous rassemblés
Comme un faisceau d'airain, ces nobles exilés ;
Brisant es fers de la Patrie,
Venger leurs frères mutilés
Dans les bagnes de Sibérie.

Mais je reviens à toi, qui sus m'encourager.
Daigne accepter ma dédicace ;
Et qu'au moins de ton nom le prestige efficace,
Serve encore à les protéger (*).

L. Lang.

AVANT-PROPOS.

Ce n'est pas sans quelque hésitation que je me décide à publier des
vers que je ne crayonnai d'abord que pour soulager un cœur ulcéré;
mais les barbaries sans nombre dont chaque jour la Pologne est victime m'en dictent le devoir. Je prie donc les personnes qui me feront
l'honneur de les lire, de me pardonner les imperfections qu'elles y
pourraient rencontrer, eu égard au sujet que j'y traite. Je serai très
court dans cet exposé, personne n'ignorant, qu'encouragées par les
dispositions bienveillantes alors (1830) de notre gouvernement, sous
le ministère de MM. Lafitte et Dupont de l'Eure, par les discours
prononcés du haut de notre tribune nationale, et par les paroles
mêmes du roi au général Lafayette (*a*), la Pologne et l'Italie, rêvant
à leur indépendance, tombèrent, par un revirement dans notre politique
extérieure, sous le joug de la plus affreuse tyrannie. Honneur à ces
deux ministres d'avoir préféré la retraite au pouvoir!

Qui ne sait aussi que la révolution polonaise eut autant pour motifs
son refus de former l'avant-garde de cette nouvelle coalition prête à
fondre sur la France, peu après nos trois grandes journées, que le
besoin de se venger des vexations inouïes que subissait depuis vingt
ans cette malheureuse nation, au mépris des traités les plus solennels.

Cette fois encore, comme naguère à Leipsick, Hanau, Brienne,

(*a*) Voir les séances de la Chambre des Députés, des 1ᵉʳ, 8 et 12 décembre 1830
et 8 janvier 1831.

Montmirail, Champ-Aubert, Montereau, etc., quand leur patrie était au pouvoir des ennemis qu'ils combattaient sous nos drapeaux, aux temps où les revers et la trahison nous accablaient de leurs rigueurs, les Polonais, en 1830 comme alors, s'offraient en holocauste pour sauver du naufrage cette France qu'ils aimaient tant.

Sublime dévouement que les Français n'oublieront jamais, et qu'ils sauront venger au jour de la justice !

Honte ! honte aux ministres qui, nés de cette révolution de juillet si belle, si glorieuse, si brillante d'avenir, qui parlait si haut à la sagacité de tous les peuples le langage de la liberté; mais qui, tronquée, torturée, trahie par ceux-là même qu'elle enfanta et que l'on vit, dès le lendemain de leur aurore (fils ingrats, déchirant le sein de leur mère), s'armer contre elles et se jeter dans la voie tortueuse et perfide qu'avaient suivis les Villèle et les Polignac, en tendant une main amie à cette coterie infâme, qui, sous l'apparat du bien public, ne rêva de tous les temps que l'oppression des peuples !

Je ne doute pas que quelques susceptibilités vont crier au républicanisme : c'est l'arme ordinaire des détracteurs de toute idée libérale : mais, interprète fidèle des sentimens de la France entière, c'est comme son organe (si j'ose parler en son nom), que je viens offrir aux malheureux Polonais le tribut de notre reconnaissance et de nos regrets, en attendant des jours plus prospères.

Heureux si je puis répandre sur la plaie de ces infortunés quelque baume consolateur, et jeter au fond de leur cœur une lueur d'espérance qui puisse adoucir l'amertume de leurs chagrins et les aider à supporter le poids de leurs chaînes !

LES POLONAIS.

Heureux, quand d'Ionie abordant le rivage,
Je vis Fabvier naguère, en bannir l'esclavage ;
Et, chassant l'Ottoman de Patras, de Coron,
Planter son étendard sur le vieux Parthénon ;
Plus heureux, quand la France unissant, pour la charte,
La sagesse d'Athène à la valeur de Sparte,
Proclamait de nos droits la sainte égalité ; [1]
Rendait, par son appui, l'homme à sa dignité !
Alors je méditais à l'ombre d'un vieux chêne,
Sur l'instabilité de la nature humaine,
Le cœur encore ému de ce grand souvenir. [a]
J'entends, depuis Teirceire et la Lusithanie
Jusqu'aux confins glacés de la Lithuanie,
Un cri de liberté qui vient de retentir.

Déjà Nassau fuyait au sombre crépuscule , [b]
Don Carlos, Don Miguel quittaient la Péninsule, [2]
Modène et l'Italie armaient pour s'affranchir ; [c]
Et, sous un joug de fer, rêvant l'indépendance ,
Le Sarmate , agitant sa redoutable lance , [d]
Du despote effrayé vit l'étoile pâlir.

[a] La révolution de Juillet.
[b, c, d.] Révolutions belge, d'Espagne, de Portugal, d'Italie et de Po·logne, de 1830 à 1833.

Rois, c'est la Liberté , qui , dans l'Europe entière ,
Des vieux temps aujourd'hui secouant la poussière
Vient briser sur la tombe où dorment vos aïeux
Les débris vermoulus de vos sceptres poudreux.
Vainement, vers le Nord, de vos mains suppliantes
Vous implorez l'appui des hordes conquérantes,
Vainement vous tendez vos suppliantes mains !
La Pologne se lève ! un peuple de Romains [3]
Au despote du Nord oppose sa bannière ; [4]
La liberté l'anime, et, là, sur sa frontière,
Digne émule, en nos temps, des soldats de César,
Il refoule en mourant les cohortes du czar.
Peuple héros ! jamais un plus noble courage
N'a rehaussé l'éclat de tant d'adversité ;
Sur le marbre et l'airain l'histoire d'âge en âge
Léguera tes revers à la postérité ;
Et des monts africains aux champs de Sibérie
La Liberté doit naître, ô Pologne chérie !

Quand naguère assemblés, les rois européens
Stipulaient sur ton sort et réglaient nos destins, [5]
Tu ne suspectas pas la foi diplomatique,
A tes yeux l'équité réglait la politique ;
Confiante aux congrès, où l'intrigue des rois
Sur les peuples vaincus cimente ses exploits :
Mais la force abusant de son dur patronage,
Contre la liberté te gardait pour otage.

Noble Pologne ! en nous tu fondais ton espoir :
Voler à ton secours était plus qu'un devoir ;

La France le voulait. Témoin l'anniversaire
Dont Juillet désormais s'est rendu tributaire. [6]
    A peine a reparu son retour virginal,
Que le temple de Mars en donne le signal. (a)
Déjà le blond Phébus, ayant quitté l'aurore,
Guidant de ses coursiers l'essor impétueux,
Roulait sur l'Océan son char majestueux,
Paré de mille fleurs que ses feux font éclore.
Paris dormait encor, plongé dans le sommeil,
Et la fanfare au loin prélude à son réveil.
Partout le tambour bat, et sa garde fidèle
Se rend, un crêpe au bras, à la voix qui l'appelle. (b)
Chacun arrive alors au lieu du rendez-vous ;
Le temps est magnifique et le ciel sans nuage :
On fait former les rangs ; mais sur chaque visage
Sont peints l'anxiété, le dépit, le courroux :
Tel, quand Paris naguère, après ses trois batailles,
De ses concitoyens faisait les funérailles.
De distance en distance on remarque en faisceaux
Des drapeaux polonais mêlés à nos drapeaux,
Et le canon, vibrant en signe d'allégresse,
Semble être un cri d'effroi jeté dans la détresse.
Impression pénible à tous les cœurs français !
Partout est répété le nom de Polonais.
Philippe enfin paraît ; il a joint la revue ;
Aux soldats citoyens l'armée est confondue :

(a) Les Invalides.
(b) Revue de la garde nationale, le 28 juillet 1831.

Soudain, mille clameurs s'élèvent dans les airs :
On entend s'écrier mille guerriers divers ;
 « Jurons à l'autocrate une haine éternelle ;
 « Sous les murs de Praga, Némésis nous appelle ;
 « En Pologne ! en Pologne ! allons les secourir,
 « Partager leurs périls, les sauver ou mourir. »
    Philippe, d'un héros empruntant le langage :
 « Je jure l'arracher au joug de l'esclavage ;
 « Nationalité, tu ne périras pas !
 » Français, dussé-je un jour y trouver le trépas !
 « Notre commune gloire à leur perte s'oppose.
 « Mais sans nous la valeur a décidé leur cause.
 « Ils triomphent, victoire! et Skrzynecki vainqueur!. »
A peine achevait-il, qu'un bruit approbateur
Éclate dans les rangs, et soudain l'allégresse
Enivre tous les cœurs ; on s'embrasse, on se presse :
 « Gloire au roi-citoyen, dit-on, montrant le roi,
 « L'équité fait sa règle, et l'honneur est sa loi ! »
Mille instrumens divers donnent par intervalles
De nos vieux grenadiers les marches triomphales.
Chacun croyait d'Orphée entendre les accords,
Lorsque touchant sa lyre il entrait chez les morts,
Et que Pluton, vaincu, Proserpine propice,
Rendait à son époux la sensible Euridice.
Extase enchanteresse, où le peuple en ce jour,
Ivre de son bonheur, exhalait son amour.
    Au pas accéléré, sapeurs, musique en tête,
Le défilé commence. On marche, l'on s'arrête ;

On ne voit que soldats, qu'armes et qu'étendards
Se mouvoir, éclater, flotter de toutes parts.
  Puis vient l'artillerie, au bruyant équipage,
Du tumulte des camps représenter l'image ;
Les caissons, les canons et tout leur attirail
Du fracas de leur marche offrent l'épouvantail.
Instrumens meurtriers, que le Dieu de la guerre
Semble avoir inventé pour dépeupler la terre,
Et dont le son lugubre, indice de la mort,
Déjà ne s'entend plus qu'on croit l'entendre encor.
Tel, quand le moissonneur dans la plaine féconde,
Entend au ciel en feu le tonnerre qui gronde :
Roulant de monts en monts , il a fui sans retour,
Qu'il fait trembler encore les vallons d'alentour.
  La fanfare a sonné. La trompette guerrière,
Annonce les hussards, après les cuirassiers ;
Puis viennent les chasseurs, ensuite les lanciers,
Dont les coursiers fougueux font voler la poussière,
Tout s'éloigne : et le bruit du clairon, du tambour,
Ainsi qu'il commença finit avec le jour.
Le soir en lettres d'or, brillaient pleins d'espérance
Les noms entrelacés de Pologne et de France.
Trompeuse illusion, mensonges superflus,
Noble France, ah ! gémis ! la Pologne n'est plus !!...
  Infâme trahison, c'est ce qui t'a flétrie.
Mais, que ne peut sur nous l'amour de la patrie !
Martyrs infortunés, dignes d'un autre sort,
Tel est donc votre code : esclavage ou la mort ?

Ainsi l'ont décrété tous ces grands politiques,
Diplomates fameux en arrêts sophistiques,
Dont le premier mot d'ordre, en leurs instructions,
Est de tenir aux fers toutes les nations.
C'est par eux qu'un message, envoyé de la France,
Prescrit aux Polonais d'éluder pour deux mois
Le moindre des combats, leur donnant l'assurance
De les voir gouvernés par d'équitables lois.

Le sénat s'assemblait lorsque cet ordre arrive :
Il consent, non sans peine, à quitter l'offensive ;
Car, le Russe en déroute, et sans munitions
Fuyait de toute part. —Rends-nous nos légions,
O Varus!—Je ne puis articuler le reste :
Crime affreux, que la France et réprouve et déteste :
Un ministre français! lui qui dût les aimer, (a)
Peut-il flétrir son nom jusqu'à les opprimer ?
Lui, successeur de Foy, dont la mâle éloquence
Brisait avec éclat les fers de Galotti [7].
Mais on trompait encor Borelli, Menotti,
Dont le sang généreux vient nous crier vengeance. [8]
O Pologne! on feignit d'aller te secourir,
Etait-ce, juste ciel! aussi pour te trahir ?
Pleure tes alliés! pleure, O France abusée!
Cette ancre de salut en tes mains s'est brisée ! [9]
Ton pilote inhabile à louvoyer au nord,
Les a fait naufrager quand ils touchaient au port.

(a) Le général Horace Sébastiani a commandé sous Napoléon une division de lanciers polonais.

La Vistule est franchie ; à Wola l'airain tonne ;
De cent bouches à feu le bruit au loin résonne ;
L'ange exterminateur, au sein des bataillons
Masqués par la fumée en épais tourbillons,
Marche, la torche en main, excitant au carnage ;
Une lutte nouvelle avec fureur s'engage.
Au centre de la ville on voit planer soudain
La Discorde, acharnée à souffler son venin ;
Et le goût empesté d'un brandon qu'elle agite
Signale des enfers la digne favorite.
Son nom c'est Alecto : digne enfant de la nuit,
La terreur la précède et la douleur la suit ;
De serpens hérissée, et la bouche béante,
Le feu qu'elle vomit porte au loin l'épouvante ;
Pâle, les yeux hagards, une verge à la main,
Son effroyable aspect glace le genre humain.
La mort vole à sa voix, et soudain la Gorgone
Dans un fleuve de sang s'agite et tourbillone.
Tu frémis... Ah ! quittons ces sinistres tableaux
Et d'un sujet moins sombre égayons nos pinceaux.
Reportons nos pensers vers les bords de la Seine :
L'homme y naît citoyen. Deux fois brisant sa chaîne,
Sous la triple union de trois pouvoirs égaux,
Le peuple ne connaît ni seigneurs ni vassaux ;
L'esclavage est banni d'où règne la justice :
Là, jamais ses arrêts n'émanent du caprice , [10]
Là, l'égide des lois protégeant la beauté,
Défend les droits sacrés de la paternité :

Jamais la tyrannie aux sombres saturnales,
Jamais, d'un rapt affreux, n'y souilla les annales; [11]
Et sur les bords fleuris d'un limpide ruisseau
La bergère, sans crainte, abreuve son troupeau;
Là, tes riches moissons, ô toi! fille de Rhée,
Fixèrent ici bas la bienfaisante Astrée.

Cloris à pleines mains prodigue son trésor;
La rosée y reflète et l'émeraude et l'or.
Pittoresque campagne, ô riante verdure,
Le printemps te revêt de sa riche parure :
Mai revient tous les ans apaiser l'Aquilon,
Et le tendre zéphir caresser le gazon.
Flore habite partout : trop aimable déesse
Partout de tes parfums on s'enivre sans cesse :
Cérès aux épis d'or, le front orné de fleurs,
Verse aussi l'abondance au sein des laboureurs :
Champs, à jamais féconds, où la main qui moissonne
Cueille à profusion les doux fruits de Pomone.

Vertumne, par ses soins, préside à nos boissons;
La vendange se fait au refrain des chansons :
Par l'attrait du plaisir bannissant les alarmes,
L'hiver au front glacé, malgré ses noirs frimas,
Voit aussi le bonheur habiter nos climats :
Mais pourquoi de tes yeux vois-je couler des larmes?
Ah! qui ne gémirait de tant d'iniquité;
Si la France est puissante, et sans inquiétude.
Envers les ennemis de notre liberté,
Double raison, hélas! contre l'ingratitude.

Quand de Paris l'Europe a formé le blocus,
Le sang des Polonais coulait pour sa défense :
Honte à nous ! aujourd'hui la Pologne n'est plus
Qu'un cadavre sanglant, debout, criant vengeance!
Réduits un contre cent, ils n'avaient qu'à mourir ;
Mais le fer assassin ne les fit point pâlir :
Tous préfèrent la mort plutôt que de se rendre.
Tels, lorsqu'à Waterloo, dans les plaines de Flandre,
Naguère succombait le bataillon sacré ;
Accablé sous le nombre, à demi massacré,
Il creusa son tombeau sur ce champ de bataille :
Sommés de toutes parts, criblés par la mitraille,
Ces braves entourés des ombres du trépas
Ont dit : *La Garde meurt, elle ne se rend pas !*
Comme eux, les Polonais, trahis par la victoire,
Tombèrent écrasés sous le poid de leur gloire ;
Et tel Antipater, profanant les saints lieux,
Au pied des saints autels immolait Démosthène ;
Pour vous, pour sa patrie, enfants du Borysthène,
Ainsi meurt Sowinski dans le temple des Dieux. [12]
Époque mémorable autant qu'infortunée !
Viens-tu d'anéantir leur dernière journée !

Là, le Russe, à l'assaut, en nombreux bataillons,
Prend, perd, reprend encor ces faibles bastions.
Dans leur acharnement cet horrible carnage
Eût fait pâlir d'effroi le plus mâle courage ;
Pendant trois jours entiers, on eut dit qu'Atropos
Pour se gorger de sang ne prit aucun repos.

Ah ! le cœur oppressé, les yeux baignés de larmes,
Je crois entendre encor le cliquetis des armes,
D'où jaillit à la fois le feu de mille éclairs.
Les obus, les boulets obscurcissent les airs,
Et la mine qui joue, et la brèche qui croule :
Assaillis, assaillans s'entr'égorgent en foule ;
Le sang coule à grands flots sous des monceaux de morts.
    J'entends les combattans qui redoublent d'efforts;
Et sous l'air qui gémit, affreuse mélodie,
La bombe à tant d'horreur ajoute l'incendie :
Que de troncs mutilés, que de membres épars,
Que de cris déchirans poussés de toutes parts :
Lorsque de l'ennemi les cohortes nombreuses,
Dans la ville assiégée entraient victorieuses.
Ah! se voyant trahis et regardant les cieux,
Les mourans aux Français adressaient leurs adieux :
Ils pressentaient déjà le sort de Varsovie,
Poussaient un long soupir, puis ils rendaient la vie.
Il fallut succomber sur ce champ de douleur
Et livrer Varsovie au farouche vainqueur.
Tel fut donc ton destin, ô courage sublime !
Le plus noir attentat vint creuser ton abîme :
Le cruel Nicolas jura d'anéantir
Le reste des héros qu'il ne put asservir;
Et les rois, ses cousins, dans l'ombre du silence,
L'aident à consommer son abjecte vengeance.
Ah! Sébastiani, tu cachais sous des fleurs
Un poignard et du sang, des chaînes et des pleurs. [13]

Oh ! qu'un Napoléon aurait su, pour sa gloire,
Des traités oubliés rappeler la mémoire ;
Et faire respecter ce qui leur fut promis
A la face des Dieux par les rois réunis,
Ou la charge, sonnant au nord de nos frontières,
Eût fait voler vers eux nos phalanges guerrières.

Et toi qui partageas nos succès, nos revers, (a)
Qui de ton héroïsme étonnas l'Univers ;
Qui, blessé, mutilé, mais fumant de carnage,
Sur le Russe expirant te frayais un passage,
Et changeant d'élément, efforts infructueux !
Vins grossir de ton corps ces flots tumultueux ;
Qui, déjà de débris à la France funeste,
Vers le Rhin effrayé, roulaient les tristes restes ;
Héros infortuné ! dans nos justes douleurs,
Qui peut penser à toi sans répandre des pleurs ?

Lorsque les Bavarois, ô perfide inconstance !
Abandonnaient nos rangs pour nous couvrir de deuil; [14]
Quand Moreau, [15] Charles-Jean, s'armaient contre la France ,
Pour nous, les Polonais descendaient au cercueil.

Grand Dieu ! soutiens l'espoir de ce peuple héroïque,
Écrasé sous le faix d'un pouvoir tyrannique.
Console en leur exil, dans le fond des déserts,
Ces captifs malheureux gémissant dans les fers.
Et ces nouveaux Troyens que la plage étrangère
Recueillit dans son sein, abreuvés de misère,

(a) Poniatowski.

Détestés des tyrans, par eux persécutés,
Comme un bétail impur errans et rebutés ;
Et nous ne leur offrons que de stériles larmes,
Eux qui nous prodiguaient et leur sang et leur armes !

Ah ! que sont devenus tant d'illustres guerriers,
Qui naguère avec eux moissonnaient les lauriers ? [16]
Lasalle, Masséna, l'enfant de la victoire,
Chantent Napoléon au temple de la gloire.
Montbruu, Brune, [17] Moncey, Davoust, Friant, Colbert,
Ont rejoint dans la tombe et Désaix et Kléber.
Et toi, valeureux Ney, toi magnanime Eugène,
Favoris du héros qu'engloutit Sainte-Hélène,
Qui vîtes dans nos rangs d'Arcole à Smolensko
Succomber les lanciers du fier Kosciusko :
Compagnons de sa gloire, ah ! soyez-leur propices,
Et baignez, de vos pleurs, les nobles cicatrices
Que ces Français du Nord, soit succès, soit revers,
Reçurent pour la France à cent combats divers,
Et qu'un berceau de fleurs ombrage à l'Elysée
Ce peuple qu'eût chanté l'auteur de l'Odyssée :
Mais ma raison s'égare... O vaine illusion !
Varsovie a subi le sort qu'eut Ilion.
La noire trahison, au teint pâle et livide,
Atteignit ces héros de son arme perfide ;
Son lâche gouverneur (a), surpassant le bourreau,
De sa patrie en deuil a creusé le tombeau.

(a) Crukowiesky.

Philippe ! l'arme au bras, tu vis leurs funérailles, [18]
Lorsque c'était pour toi que le Dieu des batailles
Leur faisait soutenir d'incroyables combats.
En vain t'appelaient-ils, tu ne répondis pas :
Et tes ambassadeurs, spectateurs impassibles,
Contemplaient froidement ces massacres horribles.

Aux déserts de Tobolsk, tout un peuple enchaîné, [19]
D'une lente agonie à périr condamné,
Chemine tristement, pleurant sur la patrie,
Qui sous un joug affreux maintenant asservie,
Prouve honteusement combien la royauté
Favorise aujourd'hui partout la liberté.

Mon cœur gros de soupirs, vers vous, Constant, Lamarque,
Se tourne avec douleur. [20] Ah ! si notre monarque,
Qu'on élut en juillet pour défendre nos droits,
Ne put les arracher à la fureur des rois,
Honte au juste-milieu, de qui la politique
Sembla mettre à l'encan la liberté publique ;
Majorité timide, hommes faibles, glacés,
Qui, d'une invasion vous croyant menacés,
Souffrîtes lâchement, soit peur, soit avarice,
D'un peuple généreux le funeste supplice.
Quoi ! n'entendiez-vous pas la voix de Dombrowski ;
Les reproches sanglans de Poniatowski,
Demandant leurs soldats aux soldats de la France ?
Mais la chambre muette...

Adieu, vaine espérance !

Ta perte est résolue, ô peuple infortuné !
A vivre en esclavage es-tu donc condamné ?
La Liberté jamais à tes yeux luira-t-elle ?
La palme que Juillet cueillit à l'immortelle,
Portant au loin les fruits de sa fécondité,
N'eut-elle en résultats que ton adversité ?
Non... Les peuples un jour, à l'instar de la France,
Des oppresseurs ligués briseront la puissance ;
L'étendard de Volney, parcourant l'univers,
Invoquant Spartacus, ira rompre tes fers.
Mars et Thémis alors, en embrassant ta cause,
Rendront un juste hommage à ton apothéose.

Son ombre, ô Nicolas, en tout lieu te poursuit :
Tu cherches le repos, mais le repos te fuit.
D'un sceptre teint de sang le sinistre présage, [21]
Te fit du despotisme accepter l'héritage.
De Denys-le-Tyran méritant les destins,
Un autre Damoclès préside à tes festins.
En vain, nouveau Néron, tes lâches satellites
Te bercent de l'espoir de nombreux prosélytes ;
En vain, par leur rigueur, tes décrets foudroyans
Égorgent les vieillards, enchaînent les enfans ;
Tu peux, les immolant, victimes innocentes,
Savourer à loisir leurs entrailles fumantes,
Sur ces cœurs palpitans parler de tes bienfaits
Et rejeter sur eux tes odieux forfaits ;
Mais le temps n'est pas loin où la nature humaine,
Lasse enfin de ton joug, saura briser sa chaîne :

Témoignage certain qu'avec d'injustes lois
Le despotisme aussi devient funeste aux rois.

Souvent d'un potentat la volonté suprême
Des fureurs de Sylla souille son diadème.
La pâle Tyrannie, au regard défiant,
Paraît le front empreint d'un stigmate effrayant;
Son aspect fait trembler même le moins timide
Et porte la terreur du Caucase à l'Aulide.

Et vous! de tous les temps, le fléau des mortels,
Despotes orgueilleux, vains et grands criminels,
Qui prenez à témoins les Dieux vengeurs des crimes,
Quand vous vous abreuvez du sang de vos victimes,
Tremblez qu'une Euménide, un poignard à la main,
Vous donne d'Ixion le châtiment soudain :
Tremblez !—Un grand procès se prépare en silence;
Déjà du mont Ural un Dieu vengeur s'avance,
Qui bientôt, confondant par de justes arrêts
Les indignes rigueurs de vos honteux décrets,
Vous fera de Tantale éprouver la souffrance ;
Vos trônes vermoulus, domaine du tyran,
Du sommet des grandeurs croulent vers le néant.

LE NAUTONIER.

I.

Au déclin de la nuit et non loin du Bosphore,.
Un nautonier français qui louvoyait en mer,
Assis sur son gaillard, et d'une voix sonore
Chantait, un luth en main, au barde du désert :
« Ami, console-toi ; non loin de ce rivage,
« Lorsqu'il en sera temps je viendrai t'avertir ;
« Tu combattis pour nous, pour toi je dois mourir :
« La France avec horreur voit ton dur esclavage.

II.

« Mais surtout garde-toi, sur ton lit de douleurs,
« Que ton hymne sacré vienne à se faire entendre;[22]
« Pour te martyriser on cherche à te surprendre;
« Un seul mot suffirait pour combler tes malheurs.
« Souffre sans murmurer, mords le frein en silence :
« Au Champ-d'Asile aussi naguère descendu,
« Comme toi dans l'exil j'ai connu la souffrance.
« Courage, ô Polonais! non, tout n'est pas perdu.

III.

« Près des murs de Coron, où Fabvier tant de fois
« Sur les fiers Musulmans signala ses exploits,
« J'aidai de mon pouvoir au succès de ses armes ;
« J'encourageai les Grecs, je calmai leurs alarmes.
« Un jour, de Nicolas abaissant la fierté,
« Nous briserons tes fers... Liberté ! Liberté !
« Ton phare lumineux luit sur la Péninsule ;
« Il faut que son reflet brille sur la Vistule. »

IV.

Le chant cesse. Les monts commençaient à blanchir,
L'Aurore s'éveillait au souffle de Zéphir,
L'exilé, plein d'espoir, mais se traînant à peine,
Accablé sous le poids de sa pesante chaîne,
Retournait vers le lieu de sa captivité ;
Un Russe l'aperçoit, d'un knout ensanglanté
Frappe à coups redoublés sur ce corps qu'il déchire.
Les yeux tournés vers nous, le Polonais soupire :
Écho s'enfuit d'horreur gémir dans la forêt ;
Le nautonier pâlit, blasphème et disparaît.

NOTES.

(1)   La sagesse d'Athène à la valeur de Sparte,
        Proclamait de nos droits, la sainte égalité....

Après les trois jours de juillet, les vainqueurs, presque tous ouvriers et élèves des écoles, déposèrent les armes et se retirèrent, afin, dirent-ils, de laisser à des mains plus habiles, le soin de diriger le char de l'état. C'est alors que le gouvernement français, réunissant sur leurs frontières respectives, tous les réfugiés espagnols, portugais, piémontais, italiens, et pendant qu'il donnait à nos ambassadeurs, à Vienne et à Constantinople (MM. le maréchal Maison et le général Guilleminot), des instructions conformes, sembla vouloir opérer une diversion générale, et proclamer partout, la liberté des peuples. Qu'est-ce qui a changé ces grandes et nobles idées, qu'avait enfantées la révolution de juillet? C'est ce que l'histoire nous a déjà révélé.

(2)   Don Carlos, don Miguel quittaient la Péninsule.

Bien que les révolutions d'Espagne et de Portugal ne se soient faites qu'en 1833, on me permettra d'en avancer l'époque: car étant la conséquence de la révolution de juillet le fait historique reste le même.

(3)   La Pologne se lève , un peuple de Romains.

Je ne rapporterai ici aucun trait d'héroïsme des Polonais; leur bravoure étant universellement connue depuis les temps les plus reculés. J'en citerai seulement un sur mille de cette femme charmante dont le patriotisme et la valeur faisait à si juste tiire, pendant leur dernière révolution, l'admiration de l'Europe entière. On a déjà deviné Emilie Plater. Voici ce que j'emprunte de la Vie de cette héroïne, page 24. Accablé par le nombre, foudroyé par l'artillerie, le 25° de ligne commence à céder; le désordre et la confusion se mettent dans les rangs, la mêlée augmente, les cartouches manquent, et nos soldats, privés de tout moyen de résistance, se laissent massacrer par les Russes, ou cherchent leur salut dans la fuie.

Placée sur la droite de la ligne, Emilie Plater tenait ferme avec sa compagnie, elle reçut le choc des Russes sans en être ébranlée. Mais les boulets éclaircissant les rangs de plus en plus, force fut de se retirer. Héroïne intrépide, elle ne céda qu'à la fin, avec rage, et chaque ligne de terrain qu'elle abandonnait, elle le faisait payait cher à l'ennemi, c'était presque corps à corps qu'on se battait.

Son régiment était criblé, il ne lui restait pas le tiers de ses soldats, et néanmoins, cernée de toutes parts par les Russes, elle combattait encore ; mais ce n'était plus pour la victoire, ni pour enfoncer les bataillons des kosaks qu'elle s'élance au milieu d'eux, et brave mille fois la mort, c'est pour ne pas tomber vivante entre les mains des Russes : elle ne veut leur laisser que son cadavre. Le colonel Kiekiernicki, cause, par un peu de négligence, de cette sanglante boucherie, et poursuivi par les Russes, arrive sur le lieu où notre héroïne soutenait, depuis long-temps, un combat inégal. Dès qu'il la voit, il court vers elle, se fraie un chemin à travers les rangs ennemis, et, lui présentant son cheval, la conjure de sauver sa vie, si précieuse à toute l'armée, et de lui épargner au moins la douleur de sa mort. Emilie refuse, elle ne veut pas se décider. Cependant, vaincue par les instances du colonel, et les prières des soldats, qui lui font une barrière de leurs corps, elle part..... il était temps ; ses forces épuisées refusaient de l'aider plus long-temps ; son épée lui tombait des mains ; elle ne pouvait plus combattre. Enfin, faisant un dernier effort, elle rassemble ses forces qui l'abandonnent, et, s'élançant au milieu des kosaks, elle crie, elle frappe, elle perce, et parvient à se faire une route qu'elle jonche de cadavres ennemis. Et pendant qu'elle s'échappait ainsi du milieu des bataillons moscovites, le colonel Kiekiernicki tombait au pouvoir des Russes, avec la consolation d'avoir fait une action digne d'un honnête homme et d'un loyal militaire. (Honneur lui soit rendu.)

Ainsi échappée, comme par miracle, à la sanglante affaire de Kowno, Émilie se rendit à Rosienie, où les débris du 25e de ligne reçurent l'ordre de se rallier.

(4)   Au despote du Nord oppose sa bannière.

L'an 1683, l'Autriche, attaquée et battue par Cara-Mustapha, grand-visir du sultan, et prête à devenir la proie du vainqueur, implore le secours de la Pologne. Jean Sobieski ne se fait point attendre : il arrive sous les murs de Vienne, assiégée alors par les Ottomans, avec vingt-trois mille Polonais, prend le commandement de toutes les troupes autrichiennes, et remporte, avec soixante-huit mille hommes, sur une armée de trois cent mille Turcs, une victoire qui la mit dans une déroute complète et délivra à jamais l'Europe civilisée des incursions des Barbares. Ce fut là le dernier coup porté au prestige de la puissance ottomane.

(5)   Quand naguère assemblés les rois européens
        Stipulaient sur ton sort et réglaient nos destins...

Au congrès de Vienne, 1815, lorsque la France eut déposé les armes devant l'Europe coalisée contre elle, il fut stipulé que toutes les parties de l'ancienne Pologne, tombées en partage aux trois puissances, lors de ses mutilations de 1773 et 1794, obtiendraient des institutions nationales et jouiraient entre elles d'un commerce illimité ; que la partie de la Pologne jusqu'alors indépendante, savoir, le grand duché de Varsovie, contenant 4,500,000 habitans,

serait érigée en royaume de Pologne, également indépendant, sous la souve-
raineté des empereurs de Russie, qui seraient rois de Pologne, mais n'ayant sur
elle d'autres droits que ceux que leur accorde la constitution. Cette constitution garantissait aux Polonais une représentation nationale, une administra-
tion entièrement distincte de celle de l'empire de Russie, une armée polonaise,
un trésor particulier, la liberté de la presse, en un mot, tous les bienfaits d'un
gouvernement libre et représentatif. Les autocrates de Russie foulèrent aux
pieds toutes ces garanties, dès leur avénement au trône de Pologne : parjures
à leurs sermens, pendant vingt ans ils abreuvèrent cette malheureuse nation
de tout le poids de leur méfiance et de leur tyrannie, jusqu'à ce qu'enfin celle-
ci, usant du reste de ses forces, rompit ses lourdes chaînes, et appelant à son
aide toutes les parties éparses de sa famille, commença ces glorieux combats,
dont le premier acte fut le refus de former l'avant-garde de la coalition prête
à marcher contre la France, après la révolution de Juillet ; le second, le réta-
blissement de son ancienne indépendance, la seule franche, la seule légale.
Mais la perfidie des gouvernemens limitrophes parvint à faire échouer leurs
héroïques efforts, en violant, par tous les moyens possibles, la neutralité en
faveur du parjure.

> (6)   La France le voulait. Témoin l'anniversaire
>   Dont Juillet désormais s'est rendu tributaire.

C'est à cette revue que Louis-Philippe, jurant « que la nationalité polonaise
ne périrait pas, » annonça de grandes victoires remportées par les Polonais
sur les Russes. Ainsi fut calmée l'effervescence populaire qui, déjà, s'était por-
tée, à plusieurs reprises, à l'hôtel de l'ambassadeur russe, en y proférant
les cris de « Mort aux Russes ! En Pologne ! » et en cassant à coups de pierres
les vitres de son hôtel.

Il y avait à cette revue, tant gardes nationaux qu'infanterie, cavalerie et
artillerie, plus de cent mille hommes sous les armes, tous animés du plus
grand enthousiasme.

> (7)   Lui, successeur de Foy, dont la mâle éloquence
>   Brisait avec éclat les fers de Galotti.

Galotti, officier italien, qui avait gagné ses épaulettes sur le champ de
bataille dans les rangs de l'armée française, fut, par une violation flagrante
de notre territoire, enlevé de la Corse et conduit, chargé de fers, dans les
cachots de Naples, où l'attendait Rosi, son compagnon d'infortune.

Pour obtenir des autorités françaises l'extradition de ces deux infortunés,
on les accusa d'être les chefs d'une bande d'assassins, qui, couverte de tous les
crimes, désolait depuis long-temps les campagnes et jetait l'effroi parmi ses
habitans : trompé par ces fausses déclarations, on les livra. Il n'en était rien.
Leur crime, c'était d'avoir crié : Vive la Constitution française ! C'est sur les
discours éloquens de M. Horace Sébastiani, alors député, élu en remplacement

dn général Foy, que le gouvernement de Charles X fut obligé, pour satisfaire aux vœux énergiquement exprimés par la chambre des députés, d'envoyer un courrier extraordinaire pour réclamer Galotti. Le message, portant menace d'une déclaration de guerre en cas de refus, arriva tellement à temps que déjà Rosy avait été mis à mort et qu'un moment plus tard Galotti éprouvait le même sort. Il fut immédiatement rendu au sol français, d'où il avait été enlevé par ce subterfuge : honneur, en cette occasion, à son libérateur !

(Voir le Constitutionel du 20 juin 1829.)

(8) Mais on trompait encore Borelli, Menotti.
   Dont le sang généreux vient nous crier vengeance.

Lors de l'insurrection napolitaine de 1831, Borelli et Menotti, qui étaient d'honorables négocians, se mirent à la tête du mouvement libéral. Le duc de Modène ayant été fait prisonnier dans son palais et près d'être massacré, Menotti, pour la seconde fois, lui sauva généreusement la vie, en l'arrachant à la fureur populaire. Par suite d'un changement de ministère en France, lequel abandonna tout à coup le parti du mouvement, que ses prédécesseurs avaient encouragé par le principe de non-intervention, si hautement proclamé (il est ici mention du ministère Lafitte et Dupont de l'Eure se retirant devant le ministère du 13 mars), et les troupes autrichiennes entrant en Italie pour combattre ce qu'ils appelaient les rebelles, les patriotes abandonnés à eux-mêmes succombèrent : Borelli et Menotti furent faits prisonniers à leur tour et conduits à ce même duc de Modène qui leur devait la vie. Il les fit mettre immédiatement à mort.

La potence que leur fit dresser ce tyran est une preuve de plus qu'il faut renoncer à l'idée d'apprivoiser les tigres.

(9) Cette ancre de salut en tes mains s'est brisée.

Je crains bien qu'en sacrifiant la Pologne et l'Italie à la paix générale du moment, le gouvernement de Juillet ne se soit gravement compromis pour l'avenir; ce qu'il y a de certain, c'est que si la guerre éclatait (ce qui arrivera tôt ou tard), rien ne s'opposerait désormais à ce que les trois puissances du Nord, se liguant pour nous la déclarer, fissent contre nous, sans le moindre obstacle, d'immenses préparatifs de guerre, et sans que nous ayons un seul port de mer, soit sur la Baltique, soit sur mer Noire, pour nous y opposer, au lieu que si la Pologne, notre alliée naturelle existait, non seulement ses ports, ses vastes et riches contrées nous seraient ouverts; mais elle ferait encore une heureuse diversion en notre faveur, sur les derrières de la Prusse et de l'Autriche, tiendrait la Russie en échec, et déjouerait, de concert avec nous, les projets d'invasion dont la France pourrait un jour être menacée.

On me dira que nous avons encore Ancône pour porter la guerre en Italie; ce qui ne serait pas une raison pour laisser violer les traités en faveur de nos

alliés. Mais Ancône peut nous être enlevé par un coup de main (Gibraltar le
fut bien.) Ensuite est-on jamais trop puissant, trop en sécurité?

Malheureuse incurie : quoi ! ce que 1815, devant la France désarmée, n'a
pas osé tenter, 1830 l'a vu faire au mépris des traités , qui lors de l'époque
précitée n'existaient pas. Qui portera la peine de cette énorme faute , je dirai
même de ce crime? c'est ce que l'histoire nous apprendra.

(10)   Là, jamais ses arrêts n'émanent du caprice....

CONDAMNATION D'ANGUEL.

(*Extrait de la Gazette des Tribunaux du 17 Juillet 1837.*)

On nous écrit de Lukow (Volhinie), 15 juin.

Le Conseil était assemblé dans la petite ville de Troianow, sous la prési-
dence de M. le baron Ungern, colonel au régiment des hussards d'Alexandrie : à ses côtés, siégeaient le lieutenant-colonel Lindignier, le major Gue-
rengros, le capitaine Howen, le stabs-capitaine Henich, le lieutenant Jefimovitch, le cornette Golohvastow, un sous-officier et un soldat de la troisième
division des hussards. Deux hussards, sabres nus et immobiles comme des
statues, gardaient l'entrée de la salle.

Sur l'ordre du président, l'auditeur a lu un rapport ainsi conçu :

« En vertu d'un ukase de S. M. Nicolas Pawlowitch, empereur de toutes
les Russies, etc., moi, Ivan Ivanowitch Chapenko, me conformant à tous les
réglemens prescrits par l'auditoriat-général, j'ai procédé à l'instruction du
porte-enseigne Anguel, accusé d'avoir outragé le capitaine démissionnaire,
Tchingueri. Après avoir visité la liste du régiment, recueilli les informations
et les témoignages sur l'endroit du délit, voilà ce qui s'en est suivi :

« Georges-Frederik Anguel, né à Dresde, en Saxe, d'une famille noble,
âgé de vingt-six ans, est entré au service de la Russie en 1828, en qualité de
cadet, dans le régiment des hussards d'Alexandrie. En récompense de sa conduite régulière, et en sa qualité de noble, il fut élevé au grade de porte-enseigne, et, sous peu de jours, il devait être nommé officier.

« Avant de prendre sa démission, le capitaine Tchingueri commandait
l'escadron où le porte-enseigne Anguel remplissait les fonctions de maréchal-
des-logis, dans le troisième peloton dudit escadron. Un jour, le capitaine
témoigna son mécontentement au porte-enseigne pour une affaire de service ;
celui-ci osa faire mine d'insubordination, alors l'officier, usant de ses droits,
a ordonné d'appliquer cent coups de knout au porte-enseigne Anguel. Dans
l'exécution, *tout se passa pour le mieux* ; le porte-enseigne reçut la punition
sans se plaindre, *comme le doit faire un soldat russe* ; mais quelques mois
après, lorsque le capitaine Tchingueri eut donné sa démission, Anguel se
présenta dans sa demeure, et le provoqua en duel : l'officier le mit à la porte ;
alors, le porte-enseigne menaça de lui brûler la cervelle, et se retira. M. Tchin-

gueri fit alors placer des hommes autour de la maison. Bientôt Anguel revint, et on le saisit avec un pistolet chargé, caché sous son uniforme.

« Le porte-enseigne avoue avoir voulu forcer le capitaine de se battre en duel, et, dans le cas d'un refus, dit-il, il lui aurait brûlé la cervelle.

« Anguel ajoute avoir fait son éducation à l'université d'Erfurt, en Allemagne ; il parle de *l'honneur, du droit des gens, de l'égalité et de toutes ces choses qui nous viennent, comme une contagion, de l'étranger, pour troubler la paix de notre bienheureux empire.*

« MM. les juges, c'est à votre sagacité de punir le coupable, et de donner un exemple éclatant à l'armée. »

Après cette lecture, le président a fait introduire l'accusé, qui est amené, chargé de fers, par quatre soldats qui tiennent leurs sabres levés sur sa tête.

L'auditeur lit, une seconde fois, le rapport, et le président dit à l'accusé : « Que réponds-tu ? »

ANGUEL. J'ai beaucoup de choses à dire, M. le colonel ; et d'abord, qu'en 1813, tous les biens de ma famille ont été pillés par les soldats russes. Mais, comme mon père était attaché à l'état-major de l'empereur Alexandre, c'est pour cela que je suis entré au service de la Russie.

LE PRÉSIDENT. Cela ne nous regarde pas.

L'ACCUSÉ. Je le sais.... Voici ce qui regarde l'affaire.

Notre escadron était cantonné dans le village de Solotvine. Le capitaine Tchingueri et moi, nous fréquentions ensemble la maison du curé, qui avait une fille fort jolie, nommée Eudoxie. (Dans la religion grecque, les prêtres sont mariés.) Le capitaine lui faisait la cour, et moi, je parlais quelquefois à la jeune fille ; le capitaine me crut son rival, et il me défendit de retourner dans cette maison. Je me suis conformé à ses ordres. Un jour, le capitaine m'envoya surveiller les chevaux en pâturage, à deux lieues de Solotvine ; je partis, bientôt il arriva, et sans me dire un mot, il me fit déshabiller, et ordonna aux soldats de m'appliquer cent coups de bâton.... ce qui fut exécuté... Je me suis évanoui de douleur et de honte. Lorsque j'eus repris mes sens, le barbare n'était plus là, et les pauvres soldats me consolèrent de leur mieux... La fièvre me saisit, et on me plaça dans un hôpital, dont je suis sorti au moment où le capitaine a quitté le service. Mon honneur avait été flétri, et l'homme qui m'avait insulté si cruellement, sortant de l'armée, cessait d'être mon officier, et devenait mon égal devant la loi divine et humaine. Je me suis donc rendu chez lui pour demander une satisfaction ; le capitaine me refusa, en me traitant avec grossièreté ; alors, j'ai résolu de le menacer, et peut-être poussé à bout, j'aurais tiré un coup de pistolet ; mais j'ai été arrêté.

M. LE PRÉSIDENT : Où as-tu fait ton éducation ?

L'ACCUSÉ : A l'université d'Erfurt, en Allemagne.

M. LE PRÉSIDENT : C'est donc là qu'on t'a appris à avoir des idées et à parler.

L'accusé : Monsieur le colonel, je pense que tout homme a les mêmes idées pour défendre son honneur.

Après ce bref interrogatoire, l'accusé, sur l'ordre du président, est entraîné par les soldats hors de la salle d'audience.

Le président, s'adressant aux juges : Vous avez entendu le rapport de l'auditeur, vous avez entendu les paroles de l'accusé ; maintenant c'est à nous de prononcer son arrêt. Nous jurons par devant Dieu et S. M. l'empereur Nicolas, etc., etc., que nous le prononcerons en toute conscience. Les peines pour l'insubordination sont, selon les réglemens de Pierre-le-Grand : le bâton, le knout, les verges, la dégradation à temps et à perpétuité, l'envoi aux travaux des mines, la mort... Ces mêmes réglemens prescrivent que le plus inférieur en grade prononce l'arrêt, et assigne la peine... Ainsi donc, commence, toi, soldat.

Le soldat se levant. M. le colonel, je n'en sais rien. Punissez-le comme vous voudrez.

Le sous-officier. M. le colonel, je remets à votre volonté sa condamnation.

Le cornette Golohvastov. En toute conscience, je trouve le porte-enseigne Anguel innocent, et je demande son acquittement.

Le lieutenant Jefimovitch. Je déclare Anguel innocent, et prononce son acquittement.

Le stabs-capitaine Henich. Moi je le trouve coupable d'insubordination, et je vote pour qu'il passe une fois à travers les verges d'un escadron, et qu'il soit destitué de son grade pour deux ans si sa conduite est bonne ; pour plus long-temps si elle est mauvaise.

Le capitaine Hoven. Je déclare Anguel coupable, et je demande qu'il passe deux fois à travers les verges d'un escadron, et qu'il soit destitué de son grade.

Le major. Je suis du même avis

Le lieutenant-colonel. Et moi aussi.

Le président. Je me range de votre côté, et j'ajoute, comme président, la note *qu'Anguel est un homme dangereux pour l'état.*

Cette décision rédigée par un des juges faisant fonction de secrétaire, a été transmise à l'auditoriat général ; puis elle a été soumise à l'approbation de l'empereur qui, en matière criminelle, a droit d'annuler, de modifier, d'augmenter les condamnations.

Le 10 juin dernier, un courrier parti de Saint-Pétersbourg, arriva dans le village de Solotvine : il apportait la décision du conseil qui avait été approuvée par S. M. Au bas de l'arrêt se trouvaient ces mots écrits de la main de l'empereur:

« J'approuve l'arrêt, mais j'ordonne que le coupable passe *trois fois* à tra-
« vers les verges des *deux* escadrons, qu'il soit destitué de son grade à perpé-

« tuité sans pouvoir quitter le service, ni avancer dans aucun cas. L'arrêt doit
« être exécuté immédiatement. Signé NICOLAS. »

L'exécution de cette sentence fut fixée au lendemain, et j'ai été témoin de cet
horrible spectacle.

Trois cent soixante hussards, armés de fortes baguettes en chêne, sont placés
sur deux files. Le condamné arrive garrotté et poussé par des soldats. C'est un
grand jeune homme aux traits distingués, et dont la pâleur décèle plutôt des
souffrances passées que la crainte du supplice. Après que l'auditeur a donné
lecture de l'arrêt, Anguel est dépouillé de ses vêtemens et mis nu jusqu'à la
ceinture; ses deux bras sont fortement attachés sur sur sa poitrine, et une corde
est passée à son cou. Les deux bouts de cette corde sont tenus par des soldats ;
deux hussards placés devant le patient, et deux autres derrière, marchent sabres nus, la pointe vers son corps, pour l'empêcher de reculer ou de marcher
trop vite.

A la voix du colonel qui a crié *frappez*, la marche fatale a commencé ; chaque
soldat frappe à son tour, des officiers marchant en dehors des files s'assurent
que les coups sont portés avec force, comme un des soldats avait paru mé-
nager le patient, on le fit sortir des rangs pour lui infliger à lui-même le supplice de verges.

Anguel, qui avait d'abord dévoré sa douleur, ne put bientôt plus contenir
ses gémissemens ; le sang ruisselait, ses épaules et ses reins étaient en lam-
beaux : et cependant il n'y avait qu'un tour de verges ; au second tour il fallut
que les soldats le soutinssent dans sa marche ; au troisième tour on le traîna
dans une brouette, couché à plat sur le ventre et garrotté. Le malheureux a été
ensuite conduit à l'hôpital, d'où les médecins pensent qu'il ne sortira pas vivant.

(11)   Jamais d'un rapt affreux n'y souilla les annales.

« Un journal a parlé, il y a quelques jours, d'un ordre émané de l'empereur de Russie, et en vertu duquel six cents jeunes filles auraient été enlevées à leurs familles, et dirigées sur le camp de Woznesensk où se font les
grandes manœuvres de la cavalerie russe. Nous recevons, à ce sujet, d'un de
nos correspondans, la lettre suivante :

« Lemberg (Gallicie), 10 septembre.

« ...... J'hésite à vous transmettre cette relation, car je me rappelle les fu-
ribondes attaques auxquelles a donné lieu, contre vous, le récit de l'affaire
Anguel, et je crains bien que ces attaques ne recommencent à l'occasion
de cette lettre. Mais les faits qu'elle contient sont trop graves, pour que je les
passe sous silence. Ils vous permettront d'apprécier les progrès de cette civi-
lisation russe, dont quelques-unes de vos feuilles françaises nous vantent encore les paternelles douceurs.

« Vous savez que le camp de Woznesensk (gouvernement de Katerinoslaw),
a été choisi, cette année, pour les grandes manœuvres de la cavalerie russe.

Autour de ce camp, le gouvernement a établi des colonies militaires, pour ex-
ploiter les nombreuses métairies et les terres qui lui appartiennent ; et on dé-
sirait que ces colonies fussent en pleine activité, lors de l'arrivée des princes
allemands qui devaient se rendre à Woznesensk. Mais ces colonies n'étaient
encore habitées que par des soldats, et ne comptaient qu'un petit nombre de
femmes. En conséquence, un ordre impérial enjoignit aux autorités des gouvernemens de Wolhynie, de Podolie et de Küovie, de requérir les administrateurs des biens confisqués aux révolutionnaires de 1830, et d'obtenir d'eux
une levée de six cents jeunes filles pour le service du camp de Woznesensk.
D'après cet ordre, ces jeunes filles devaient être âgées de seize à vingt ans,
et, autant que possible, belles et bien faites.

« Les administrateurs se mirent en mesure d'exécuter cet ordre ; mais, à la
nouvelle qui s'en répandit dans plusieurs villages, les femmes et les jeunes
filles prirent la fuite, et cherchèrent un refuge au milieu des forêts et des
steppes déserts. Dans d'autres villages, les paysans déclarèrent qu'ils s'oppo-
seraient, par la force, à l'exécution d'un pareil ordre, et qu'ils défendraient,
jusqu'à la mort, leurs filles, leurs sœurs, leurs fiancées. Les administrateurs,
pensant qu'une résistance qui s'annonçait d'une façon si énergique, pouvait
être de nature à entraîner de graves désordres, adressèrent un rapport au
gouvernement, qui leur envoya alors plusieurs détachemens de troupes, afin
de faire exécuter l'ordre de vive force.

« C'est ce qui fut fait. Les paysans furent alors traqués comme des bêtes
fauves ; les jeunes filles furent arrachées du sein de leurs familles, et les soldats, malgré les ordres des officiers, qui, dans cette circonstance, firent tous
leurs efforts pour concilier l'humanité et le devoir, commirent de nombreux
actes de violence. Les scènes les plus graves se sont passées sur les biens de
Human, appartenant à M. le comte Alexandre Potocki, et sur ceux de Zin
kow, appartenant à Mme la princesse de Wustemberg, née princesse de Czar-
toryska.

« Sur plusieurs points, les paysans, armés de faux et de bâtons, ont sou-
tenu, contre les soldats, une lutte acharnée ; mais il fallut enfin céder au
nombre. Quelques-uns furent tués, les autres emprisonnés et livrés à la justice. Déjà, plusieurs jugemens ont été rendus contre eux. Vingt-deux paysans
ont subi la peine du fouet ; dix-huit, après avoir passé par le knout, ont été
envoyés en Sibérie ; les autres sont encore en prison. L'ordre impérial avait
donc été exécuté. Six cents jeunes filles, enlevées à leur patrie, à leurs familles, furent dirigées, avec une escorte militaire, sur le camp de Woznesensk.

« A leur arrivée au camp, elles furent, comme les recrues de l'armée, sou-
mises à un honteux examen, afin qu'on pût reconnaître celles qui avaient
quelques graves infirmités. Les plus jolies, revêtues de divers costumes, habillées en Tyroliennes, en Espagnoles, en Anglaises, furent réparties dans les

diverses métairies de la colonie militaire. C'était, sans doute, pour offrir aux princes allemands et aux illustres étrangers dont la présence était attendue au camp, quelques scènes pittoresques et pastorales, de nature à les délasser de l'ennui des grandes manœuvres. Quant aux jeunes filles, dont la beauté laissait quelque chose à désirer, elles furent destinées à laver le linge des soldats. »

A ces détails, nous ajouterons l'extrait suivant du journal polonais *Miado-mosei Krajowe i emigracijne*, qui vient, au besoin, en confirmer l'exactitude :

« On a choisi six cents jeunes filles d'une beauté remarquable et de la première jeunesse, dans les biens confisqués sur les Polonais, et on les a dirigées sur Woznesensk, où se font les grandes manœuvres de la cavalerie russe, pour servir d'embellissement aux colonies militaires. Là, après les avoir costumées en Suissesses, en Tyroliennes, en Anglaises, on les a placées dans les métairies de la colonie, pour charmer les yeux des illustres hôtes qui honorent, de leur présence, les manœuvres de Woznesensk. Les parens de ces jeunes filles voulurent s'opposer à cet acte de violence, et plusieurs d'entre eux résistèrent par la force. Mais le knout et la Sibérie leur ont appris à entendre raison. »

(Extrait du journal des Débats du 7 octobre 1837.)

Sachant que je devais faire imprimer prochainement cette brochure, un Polonais de distinction, dont on me permettra de taire publiquement le nom, pour des raisons faciles à comprendre, m'adressa la note qui suit, me priant de l'y faire insérer en réfutation à l'article publié par M. Demidoff, dans le Journal des Débats, du 17 janvier dernier, relativement à l'enlèvement des jeunes Polonaises pour le service du camp de Woznesenck.

En voici le contenu :

M. Anatole de Demidoff, dans sa dernière lettre adressée aux Débats, se plaint de ce que, après les dénégations très précises, publiées dans ses précédentes lettres, au sujet des jeunes filles enlevées dans les provinces polonaises pour le plaisir du camp de Woznesensk, un journal ait osé revenir sur cette triste histoire. (*Voir* le Messager du 2 avril 1838.) Quand M. de Demidoff a élevé la voix contre cette prétendue calomnie, lui qui, dit-il, a été témoin oculaire du campement de Woznesensk, prétend-il avoir le droit d'être cru sur parole ? Évidemment oui : aussi, ajouta-t-il, toute la presse européenne, excepté un seul journal, s'est-elle empressée d'obéir à ce signe, et d'adopter cette rectification. L'affirmation de M. de Demidoff, qui prétend n'avoir vu au camp que deux chanteuses habillées en Tyroliennes, ne serait susceptible de jeter quelque doute sur l'enlèvement que s'il n'était pas sujet russe, c'est-à-dire, sujet d'un autocrate, maître, au besoin, de disposer de lui Demidoff, comme des jeunes filles et femmes en question :

Nous, nous nous permettrons d'affirmer que le fait de l'enlèvement des jeunes

filles et femmes pour le camp de Woznesensk, n'est que trop malheu-
reusement vrai. Il nous est parvenu de source certaine, puisé sur les lieux
mêmes, et attesté par les relations des voyageurs qui ont rencontré une
quantité de chariots remplis de ces malheureuses, garrottées comme des
recrues russes, qu'on transportait ainsi à Woznesensk. Dans plusieurs loca-
lités, et notamment à Miendrybovz, ci-devant propriété du prince Adam Czar-
toryski, cet enlèvement a provoqué une résistance désespérée où le sang
a coulé et que la force armée a réprimée avec sa brutalité ordinaire.

Ah! si on se rappelle la série des cruautés commises depuis la prise de Varsovie: la déportation de toute l'armée polonaise, au mépris de la foi jurée et de
la garantie du roi de Prusse, sur la ligne du Caucase, ou aux fonds de cales des
pontons de Cronstadt; les mines de Sibérie, peuplées par des nobles polonais,
et cette circonstance ne doit point être inconnue à M. de Demidoff, lui qui est
de cette province; la dispersion des écoles et des universités; l'enlèvement
des objets d'arts et des bibliothèques publiques; la confiscation des terres,
pour la valeur de près de quatre cent millions, et le dépouillement des de-
meures et palais appartenant à des personnes privées; le rapt des enfans se
renouvelant périodiquement toutes les années, pour être transportés dans l'intérieur de la Russie; l'oppression de la religion catholique, professée par la
plus grande majorité des habitans, et qui est telle, que des temples ont été
fermés, avec défense d'y pratiquer le culte, la sainteté des tombeaux violée,
des prêtres arrachés aux autels, et forcés de servir comme simples soldats sur
la ligne du Caucase. Tout ce système enfin de terreur et d'iniquité, appliqué
à l'égard de la Pologne, et que le tsar, au faîte de sa toute-puissance, poursuit
depuis sept ans, sans pitié, sans relâche et sans remords aucuns, comme une
guerre d'extermination contre un ennemi désarmé et abattu, et qui l'épouvante
encore. Si, dis-je, tout cela n'est point encore disparu de la mémoire des
hommes, qui osera donc se fonder sur la moralité d'un gouvernement capable
de déportemens si inouïs, pour assurer que l'enlèvement des filles polonaises
pour le camp de Woznesensk, *n'a pas eu lieu, parce qu'il est atroce*!.....
Quelle est, nous écrierons-nous à notre tour, cette logique qui ment si indi-
gnement à la raison et à la conscience de tout ce qui porte un cœur d'homme.
Quoi! parce qu'un crime est commis par un homme puissant et heureux,
l'histoire devra se taire à tout jamais. Est-il possible de croire que faire le
mal en grand, ne soulèvera jamais contre l'homme public qui en est l'auteur,
cette animadversion sincère qui retombe infailliblement sur le crime d'un
homme privé. Non, ni le temps, ni la vérité, ni l'histoire, ne failliront point à
leurs devoirs inexorables.

Après cela, si de ces hauteurs, nous abaissons nos regards pour les tour-
ner vers l'écrit de M. de Demidoff, nous ne lui en voudrons pas plus qu'il ne
mérite. Mon Dieu, son histoire est bien simple. C'est au fond, autant que
nous le savons, un bon jeune homme, aimable en société, dit-on, doué de

toutes sortes de qualités, que rehausse tant soit peu l'éclat de son or ; en de-
meurant, comme nous, animé peut-être des meilleures intentions, mais dési-
rant faire sa cour à tout prix à l'autocrate, pour se faire pardonner son séjour
prolongé à l'étranger. Or, il sait que le meilleur expédient, c'est de tâcher
d'imposer silence à cette clameur publique, que l'oppression de la Pologne
soulève de temps à autres, dans la presse française et anglaise. Que voulez-
vous, la devise du tsar étant « que j'opprime et qu'on se taise. » Il lui faut
une proie à ses persécutions, à M. de Demidoff, il faut la permission de s'a-
muser à Paris.

(12)   Tel, lorsqu'Antipater profanant les saints lieux,
        Au pied des saints autels immolait Démosthène,........
        Ainsi meurt Sowinski dans le temple des Dieux.

Lors de la prise de Varsovie, le 7 septembre 1831, c'est dans l'église de
Wola, derniers retranchemens de cette petite forteresse, que fut massacré le
général Sowinski et tous les braves qu'il commandait. Les Russes ne parvin-
rent à lui, qu'en passant sur les cadavres amoncelés des siens. Exténuée de
fatigue, sa jambe de bois ne lui permettant pas de rester debout, il se fit
asseoir contre le maître-autel, où il se défendit jusqu'à la dernière extrémité,
et après avoir vu périr tout son monde. Sommé de se rendre, il répondit,
montrant le Christ : « Un général polonais ne se rend qu'à Dieu ! » Bientôt
après, six coups de baïonnette lui percent la poitrine. Au Musée royal de
peinture de 1833 (Louvre), il y avait un magnifique tableau, représentant
cette scène d'héroïsme, et dont la vue remplissait l'âme des émotions les plus
vives et les plus douloureuses.

(13)   Ah ! Sébastiani, tu cachais sous des fleurs
        Un poignard et du sang, des chaînes et des pleurs.

Je n'ai pas l'intention d'accuser le général Sébastiani (alors ministre des
affaires étrangères), d'avoir été d'intelligence avec le cabinet russe, pour lui
sacrifier la Pologne; cette idée ne peut entrer dans la pensée de personne. Je
crois, au contraire, que ce ministre a fait tout ce qu'il a pu pour la sauver
mais que trompé lui-même par les prétendues négociations desquelles on l'en-
tretenait, et manquant d'énergie pour les mener promptement à bonne fin, il
aura toujours, aux yeux de l'histoire, le tort d'avoir engagé les Polonais à traîner
cette guerre en longueur, en évitant toute rencontre avec l'ennemi, et à se
tenir sur la défensive seulement pendant deux mois, afin d'attendre le résultat
des négociations entamées et sur le point de terminer, disait-il, aux conditions
les plus avantageuses pour la Pologne.

Trompé par cet appât séducteur et contre l'avis de la majorité des membres
du gouvernement qui voulait qu'on en décidât par le sort des armes, dont le
résultat ne pouvait être douteux, vu l'état de démoralisation dans lequel se
trouvait l'armée russe, qui, coupée sur ses derrières, manquait de vivres et de
munitions, Skrzynecki se retire aux environs de Varsovie.

Les Russes passent la Vistule, jusqu'alors infranchissable, aidés par la Prusse réputée neutre, et qui non seulement permet aux Russes de construire un pont de bateaux sur son territoire pour effectuer le passage, lui fournissant les matériaux et les ouvriers nécessaires, mais elle établit encore des magasins de vivres et munitions de guerre de toute espèce le long de la frontière, où les Russes viennent s'approvisionner : elle pousse même la révoltante partialité jusqu'à fournir à ces derniers des canonniers prussiens, travestis en soldats russes. Et la France et l'Angleterre le souffrirent! elles se laissèrent même jouer par de prétendues négociations.

Mais la France, que dis-je? le gouvernement français souffrait encore l'entrée des troupes autrichiennes en Italie, malgré ses fanfaronnades de non-intervention.

Pour en revenir à la Pologne, maîtres une fois de la rive gauche du fleuve, les Russes vinrent mettre le siége devant Varsovie, ville beaucoup trop grande en proportion de sa garnison, et qui n'avait été fortifiée à la hâte que par de larges tranchées et des fortifications faites en terre. Après un long et glorieux combat, qui dura deux jours et deux nuits, cette malheureuse cité fut obligée de succomber. Les Russes y entrèrent le 7 septembre, à 9 heures du matin.

Quand le ministre français en reçut la nouvelle télégraphique, il vint l'annoncer à la chambre des députés et ces termes un peu sauvages pour un peuple civilisé : *L'ordre règne maintenant à Varsovie!*

(14) Lorsque les Bavarois, ô perfide inconstance!
  Abandonnaient nos rangs pour nous couvrir de deuil.

Qui ne connaît la trahison des Saxons, des Bavarois, etc., aux batailles de Leipsick et d'Hanau, les 14 et 30 octobre 1813, et le noble dévouement des lanciers polonais?

Au nombre de trente mille, commandés par le prince Poniatowski, ils formaient l'arrière-garde de l'armée française : restés presque seuls de l'autre côté de l'Elster par la maladresse d'un sapeur du génie, qui fit sauter le pont avant que la retraite fût entièrement effectuée et que les Polonais eussent passé le fleuve.

Dans cette position critique, ces braves n'avaient plus qu'à mettre bas les armes ou à chercher une mort glorieuse, car un fleuve profond et rapide les sépare de l'armée française. Leur choix n'est point douteux. Après des prodiges de valeur, mais enfin, écrasés par le nombre, ils s'élancent, avec leur digne chef Poniatowski, couvert de blessures et le bras en écharpe, dans le fleuve fatal, qui devait ne rendre aux Français que les restes inanimés de tant de héros. Un grand nombre de Polonais y périrent, le reste rejoignit la rive opposée; mais Poniatowski n'y était point. Son corps fut retrouvé trois jours après par des pêcheurs, dans les roseaux.

Malgré la perte de leur brave général, les Polonais n'en continuèrent pas moins à servir la France avec le plus grand dévouement, et ne déposèrent les armes qu'après la reddition de Paris, en 1814. Après des droits aussi sacrés à notre reconnaissance, notre gouvernement peut-il s'étonner des sympathies de la France pour la Pologne?

(15) Quand Moreau, Charles-Jean s'armaient contre la France.

Le général Moreau, exilé par le premier consul, voyant en 1813 l'armée coalisée prête à fondre sur la France, soit vengeance, soit ambition, quitte l'Amérique et vient se joindre à nos ennemis à la bataille de Leipsick, prenant ainsi les armes contre sa patrie. Mais Dieu l'en punit; il eut les deux jambes emportées par l'un des premiers boulets de canon partis de batteries françaises. Il survécut peu à sa blessure, n'emportant dans la tombe que le mépris de ses compatriotes, qui jusqu'alors n'avaient cessé de le vénérer.

Bernadotte, aujourd'hui Charles-Jean, roi de Suède, était comme et avec Moreau, général de la république française. Napoléon lui ayant pardonné sa conspiration du 18 brumaire, sa perfide conduite à la bataille d'Auherstaed, et son ordre du jour, à la bataille de Wagram, lui permit, plus tard, d'aller prendre possession du trône de Suède, où il était appelé à succéder à Charles XIII. Bernadotte vint aussi à la bataille de Leipsick, à la tête de trente mille Suédois et d'une nombreuse artillerie, se joindre à nos ennemis, et aggraver encore, par cette perfidie, la position critique dans laquelle nous avait jetés la désertion des Saxons et autres.

(16)   Ah ! que sont devenus tant d'illustres guerriers,
        Qui naguère, avec eux, moissonnaient les lauriers....

Sans parler de tous ceux moissonnés par la faux du temps, 1815 de funeste mémoire, commença à décimer ces illustres vétérans de notre gloire passée.

Jours néfastes! vous vîtes s'arroser le sol de la patrie du sang de ses plus chers enfans, de ses plus généreux défenseurs : Ney, Brune, Labédoyère, Travot, Caron, Bonnaire, Berton, Mouton-Duvernet, Poret de Morvan, les frères Bacheville, Kellermann, Faudouas, Lefebvre-Desnouettes, les deux Lallemant et tant d'autres, tombaient, les uns, sous la hache du bourreau, pendant que la déportation forçait les autres, qu'on ne put trouver assez coupables, pour les envoyer à la mort, d'aller chercher un refuge, parmi les sauvages, et fonder le champ d'asile.

(17)   Montbrun, Brune.....

Le maréchal Brune assassiné à Avignon, en 1815, et dont les meurtriers, bien que très connus, restèrent impunis. Son corps, privé de sépulture, fut même abandonné aux animaux carnassiers, et aux oiseaux de proie.

(18)   Philippe, l'arme au bras, tu vis leurs funérailles.

. . . .

Les Polonais, voyant qu'ils ne pouvaient compter sur aucun secours du gouvernement français, ni en hommes, ni en munitions de guerre, lui demandèrent seulement de reconnaître leur gouvernement national, et d'empêcher la Prusse de violer sa neutralité. Si ce secours, tout faible qu'il était, leur eût été accordé, la Pologne pouvait être sauvée.

. (19)   Aux déserts de Tobolsk tout un peuple enchaîné.

Après la prise de Varsovie, on enleva presque tous les enfans mâles des provinces polonaises. Ils furent, avec le reste des hommes qui survécurent aux combats sanglans qu'ils ont livrés, emmenés dans l'intérieur de la Russie. Les premiers sont condamnés à faire une pépinière de soldats russes, les seconds ont été envoyés en Sibérie, pour travailler aux mines le reste de leur vie. On les marqua comme des moutons, par numéros en place de noms : du pain noir et de l'eau, voilà leur nourriture; sur le moindre prétexte, ils sont battus, martyrisés. Le knout (supposez un fouet de postillon, coupé à la longueur du manche, autrement dire, au-dessous du premier ou second nœud), voilà [le noble instrument duquel se servent les satellites du tyran, pour infliger, à des hommes, leurs semblables, la correction qu'il leur plaît de leur donner, et la nature ne se révolte pas ?.... Tels sont les traitemens que réservait l'autocrate aux malheureux Polonais, pour leur faire oublier son parjure. Depuis les déprédations de ces infortunés, tout fut réduit en système, et la Pologne est obligée de fournir aujourd'hui à la Russie, un tribut d'enfans mâles, à tant par palatinat. Ce tribut barbare est recruté, chaque année, avec la plus grande rigueur.

Il y a aujourd'hui à travailler aux mines d'Ural, dans le Caucase, des Polonais de tout âge, de tous grades, de tous rangs, depuis le simple soldat jusqu'au général, depuis l'homme privé jusqu'au sénateur. Le jeune prince Sanguszko, ayant été aussi condamné à travailler aux mines toute sa vie, des ames généreuses choisirent le jour de Saint-Nicolas, pour présenter à l'empereur, une demande en grâce, ou , du moins, une commutation de peine en faveur de cette infortuné jeune homme. Le généreux monarque, car il parle souvent de sa clémence, salua le jour de sa fête, par un acte de la plus affreuse barbarie : il écrivit au bas du placet, de sa propre main : « *et le trajet à pied.* » Il y avait mille lieues !

(20)   Mon cœur gros de soupirs, vers vous Constant, Lamarque,
        Se tourne avec douleur. . . . , ...

Le général Lamarque et Benjamin Constant, ces deux grands orateurs de la tribune française, furent les plus zélés défenseurs de la liberté des peuples. Après la révolution de juillet , le général Lamarque voulait, et avec lui tout ce qu'il y avait, à la chambre des députés, d'hommes jaloux de l'honneur de la patrie que, pour nous laver de la souillure du traité de 1815 , nous reprissions nos limites naturelles, et que, comme sous l'empire , de glorieuse mémoire, le Rhin redevînt notre frontière ; si la Russie différait de donner immédiatement aux Polonais la constitution stipulée au congrès de Vienne et attendue depuis quinze ans.

Pour me servir des expressions du grand orateur, de l'illustre guerrier que je cite, « au lieu, disait-il, de parler à nos ennemis chapeau bas, il fallait leur parler le chapeau sur la tête et la main à la garde de l'épée, » et leur tenant un langage digne d'une grande nation, au lieu de se laisser intimider par eux, et de nous traîner à leur remorque, en achetant la paix à tous prix, nous exigions l'exécution du traité précité, et la Pologne serait encore. Cette politique aussi noble, aussi généreuse que juste, était la seule digne de cette France, alors l'espoir de tous les peuples et l'admiration de l'univers. Glorieuse époque, le représenteras-tu jamais pour elle !

(21)   D'un spectre teint de sang le sinistre présage.

Paul 1er, empereur de Russie, père d'Alexandre et de Nicolas, mourut assassiné, par l'ambition des siens, a-t-on dit. Ce qu'il y a de certain, c'est que jamais ses fils n'ont cherché à trouver et à punir les meurtriers de leur père.

Alexandre 1er fut aussi empoisonné. Nicolas, imitant le système de ses prédécesseurs, ne chercha point à venger le mort de son frère.

(22)   Mais surtout garde-toi, sur ton lit de douleurs,
      Que ton hymne sacrée vienne se faire entendre.

Cette ode fut faite en août 1834. L'Espagne et le Portugal achevaient leur révolution, et le traité de la quadruple alliance, qui semblait devoir mettre un frein aux iniquités des despotes du Nord venait d'être signé. Malgré cela les horreurs en Pologne ne discontinuaient pas : car c'est vers cette époque qu'une jeune Polonaise, âgée de seize ans, s'essayant sur le piano, eut l'imprudence, ne pensant faire aucun mal, de jouer l'air patriotique: « Non, tu ne périras pas, ô Pologne chérie ! » un espion russe l'ayant entendue, fut la dénoncer au général Storozinski ancien vice-gouverneur de Varsovie qui vint de suite, en personne, avec vingt-cinq cosaques, investir la pension tenue par madame Witezynska, et enlever de vive force cette infortunée demoiselle.

Conduite au poste sur les ordres de ce barbare chef, elle y fut fouettée et violée par ces forcenés. Ne pouvant survivre à son déshonneur, elle expira trois jours après de honte et de douleur (a), le reste de l'ode n'est pas moins exact en ce qui concerne les durs traitemens qu'éprouvent les malheureux Polonais dans les mines de Sibérie.

(a) *Voir le Courrier-Français du* 31 *août* 1834.